LETTRE

DE

MGR L'ARCHEVÊQUE DE SAÏDA

Aux femmes de la France, dont les vertus, la grâce et la piété sont des perles sans tache, Dieu accorde la vie éternelle !

Après avoir adressé au Dieu tout-puissant, créateur de toutes choses, nos ferventes prières, pour qu'il conserve votre vie et votre santé, et qu'il répande sur vous les trésors de ses grâces, nous vous dirons que nous avons déjà envoyé au peuple français une adresse de la nation maronite et de nous, dans laquelle nous rapportons les maux inouïs dont les Druses et autres infidèles nous ont accablés, ainsi que les autres catholiques de Syrie.

Toute l'Europe connaît d'une manière certaine cette épouvantable catastrophe, cette guerre impie dans laquelle le sang du juste a coulé comme l'eau ; les églises, les couvents, les colléges ont été ruinés ; les femmes, les jeunes filles, les vierges consacrées au Seigneur ont été l'objet d'odieuses violences ; les images saintes, les croix bénies ont été livrées aux flammes ; les ministres de Dieu sont devenus le jouet des barbares ; les demeures des chrétiens ont été renversées et toutes leurs propriétés saccagées jusqu'à deux et trois fois.

1847

Personne n'ignore aujourd'hui la profonde misère à laquelle se trouvent réduits les chrétiens nus, affamés, fugitifs, errants dans les déserts et les lieux sauvages, n'ayant pour toute nourriture que des herbes bouillies, pour couche la terre dure, pour toit le ciel; car, de tout ce qui leur appartenait, il ne leur reste plus rien qu'un sol inculte et dévasté. Il y a bien longtemps, depuis la première et la seconde guerre, que nous gémissons sous le poids insupportable de ces amères tribulations; il y a sept années que cela dure, il y a sept années que nous nous résignons; beaucoup d'entre nous sont déjà morts, écrasés sous le poids de leurs maux; et pourtant, pour les accroître encore, après la première guerre, au moment où nous commencions à relever nos demeures, les ennemis ont exigé de nous un tribut de trois années et beaucoup d'entre nous ont été forcés de vendre le peu qui leur restait pour satisfaire l'Empire Ottoman.

Nous ne vous raconterons pas toutes les persécutions cruelles dont cette circonstance a été le prétexte.

A peine avions-nous relevé, comme nous l'avions pu, nos églises et nos maisons et réparé, autant qu'il nous était possible, nos désastres, que les ennemis se sont levés tout à coup et plus encore que dans la première guerre, ils ont de nouveau détruit et ravagé tout ce qui nous avait coûté tant de peines à renouveler. Tous les maux dont ils nous accablèrent furent accompagnés d'horribles barbaries; comment vous raconter ces choses; les petits enfants déchirés en deux parts; d'autres hachés à coups de sabre avec le sein qu'ils suçaient encore, avec les mains maternelles qui cherchaient à les garantir; d'autres tombant sur le corps de leurs mères, percées du coup qui leur donnait la mort; les ennemis n'ont pas même respecté les pauvres créatures qui n'avaient point encore vu le jour, ils les arrachaient par une large blessure du sein qui les recelait encore! Une foule de femmes et d'enfants périrent de ces différentes manières. Beaucoup de vierges furent déshonorées; beaucoup reçurent la mort en défendant leur pureté; d'autres furent tuées par les barbares qui la leur avaient ravie!... Beaucoup se tuèrent elles-mêmes en se précipitant des terrasses pour sauver leur virginité ! Il serait trop long de vous raconter tous ces lugubres détails.... Mais, chose terrible, et à laquelle la nature ne peut se soumettre, ce sont les barbares auteurs de ces crimes, que l'Empire Ottoman nous a imposés pour gouverneurs et pour gardiens ; les loups rapaces, pasteurs des timides agneaux ! aussi, nous ont-ils frappés d'un tribut de cinq années, doublant, triplant arbitrairement la taxe et exigeant, contrairement à l'usage, le solde immédiat de cinq années d'avance. Comment pourrions-nous résister, nous que la famine affaiblit et décime chaque jour ? beaucoup d'entre nous d'ailleurs vivent hors de leur pays, errants dans les déserts et dans les lieux sauvages, et ne peuvent relever les ruines de leurs demeures, et pourtant, ils n'ont aucun autre abri.

Semblables à l'éclair, nos plaintes ont parcouru la terre et l'univers entier a vu nos larmes ; nous nous sommes adressés à toutes les puissances chrétiennes et surtout à la France pour laquelle nous prions chaque jour ; et, de tant de pleurs, de tant de suppliques adressées tant par nous que par nos délégués nous n'avons rien retiré, rien qu'un surcroît de douleurs et d'afflictions de la part de nos ennemis ! cela vient-il de la volonté de Dieu ou de la dureté du cœur de nos frères chrétiens de l'Europe ? nous ne le savons pas. Et pourtant, l'on connaît notre faiblesse, notre pauvreté, notre misère ; l'on a entendu les sanglots de nos enfants, de nos veuves et de nos orphelins ; l'on a vu verser le sang des justes dont la voix est montée jusqu'au cœur de Dieu... Oh ! si les arbres avaient une langue, ils parleraient pour appeler sur nous la miséricorde, pour qu'on nous délivrât de ces maux ; les pierres elles-mêmes rendraient témoignage en notre faveur et diraient que nous sommes dignes de salut et de pitié.

Vous, qui savez tout ce qui s'est passé, vous, vers lesquels nous n'avons cessé de crier, nous avez-vous donné quelque preuve du désir que vous aviez de nous sauver ? Que la sainte volonté de Dieu soit faite !

Nous en appellerons maintenant à la miséricorde du Dieu tout-puissant, gloire à son nom ! nous en appellerons à la miséricorde de la Sainte Vierge Marie, mère de Dieu, reine des Saints, fontaine des miséricordes, médiatrice de nos prières auprès de Dieu et dispensatrice de ses grâces ; nous en appellerons à cette mère sublime du genre humain, à cette mère de toutes les mères et de toutes les femmes ; nous en appellerons aussi à toutes ces femmes zélées pour le bien qui font l'honneur de la France ; nous leur ferons entendre nos plaintes, nos gémissements et nos sanglots et nous leur demanderons pitié ! pitié pour nous ! ô femmes chrétiennes de la France et de l'Europe, sauvez-nous de nos ennemis, faites-nous rendre notre ancien prince et sa famille et vous nous aurez rendu notre liberté. Nous savons que vous pouvez le faire, car c'est par la main des faibles que le Seigneur se plaît à manifester sa puissance. N'est-ce pas par Moïse, Aaron et Marie qu'il a voulu sauver le peuple hébreux ; par Judith qu'il a délivré Béthulie ; par Esther qu'il a mis un terme à la captivité d'Israël ; enfin, par la Sainte Vierge Marie, gloire à son nom ! qu'il a voulu sauver le monde ?

O nobles femmes de la France, vous dont le courage, la charité, le zèle ardent et la sensibilité ont souvent fait la gloire de votre patrie, le doux parfum de vos vertus est arrivé jusqu'à nous ; et nous avons appris tout le bien que vous aviez fait au saint pontife Pie VII, quand il se trouvait parmi vous ; nous l'avons su, car de concert avec les princes de l'église, il a rendu hommage à vos mérites ; nous avons su que c'est vous qui, par vos dons, par votre protection, avez assuré le salut de la Grèce en assurant la ruine de ses ennemis. Sa liberté lui vient de Dieu et de vous. Elle est libre maintenant ; ne jetterez-vous pas un regard sur nous que le baptême, la foi et la table sainte font vos frères ? N'avons-nous pas un même chef à Rome et ne sommes-nous pas une même église catholique ? Nous Maronites, ne vous sommes-nous pas liés d'une manière toute spéciale, nous dont le sang mêlé au vôtre n'est autre chose que votre sang ? nos enfants sont vos enfants ; car à l'époque des croisades nous marchions ensemble à la conquête de la Terre Sainte. De nombreuses alliances nous ont fait les parents de vos pères ; beaucoup d'entre nous sont français d'origine parce qu'un grand nombre de croisés se sont fixés dans nos montagnes ; et pourtant aujourd'hui ils sont Maronites. Puis, ô Français, ne sommes-nous pas liés à vous par le cœur ? et c'est encore cette raison qui nous fait dire que notre sang et notre honneur sont vôtres. Nous sommes vos enfants, car il y a bien longtemps que nous vivons à l'ombre de vos ailes. Une multitude de Maronites ont versé leur sang pour l'amour et pour la cause de la France ; et cependant, depuis sept années surtout, nous a-t-elle donné quelque marque de sa protection ? mais c'est contre votre nom, contre le catholicisme et contre vous que l'on fait tout le mal dont nous nous plaignons. Chaque jour nos ennemis nous injurient et se moquent de nous à cause de vous : où sont, disent-ils, vos amis les Français ? où sont vos rois chrétiens ? où sont leurs bâtiments et leurs soldats ? se présentent-ils pour vous secourir ? chiens d'infidèles que vous êtes ! — et pourtant, à chaque minute nos yeux s'abaissent du ciel sur la mer pour y chercher ces vaisseaux de la France qui viennent nous sauver. Mais tout ce temps a passé sans que personne nous accordât ni pitié, ni secours, et nous touchons à notre perte ; et beaucoup d'entre nous sont morts pour avoir conservé cette fatale espérance ; et les chrétiens et la France ont donné aux infidèles le droit de les mépriser.

Les malheurs dont nous parlons ont frappé surtout les diocèses de Beyrouth et de Saïda qui embrassent la Terre Sainte, Sour, Acca, Nazareth, Haïffa, Yaffa, Jérusalem, Bethléem, Naplouse, jusqu'à l'Egypte, jusqu'à la Mekke, jusqu'à Damas. Depuis quarante ans que je suis l'humble serviteur de ce diocèse, je n'avais jamais vu, jamais ouï dire qu'une semblable désolation eût affligé les chrétiens de Syrie ; et pourtant, c'est notre amour pour la France, ce sont les prières que nous lui avons adressées qui ont attiré sur nous tant de maux.

Je n'ai point été épargné ; tout ce qui m'appartenait a été deux fois saccagé ; l'on ne m'a pas même laissé mon anneau, ma mitre et mon bâton pastoral ; car j'ai été forcé de fuir pour sauver ma vie, avec les seuls habits qui couvraient mon corps, maintenant, il ne me reste absolument rien et sans la charité de notre saint patriarche qui m'a recueilli, je serais mort, comme tant d'autres, de faim et de misère. Que le nom de Dieu soit béni !

Mais aujourd'hui, mon diocèse, tout le peuple maronite et moi, nous avons une véritable espérance , car c'est à Dieu, c'est à sa sainte mère, c'est aux femmes chrétiennes de la France et de l'Europe que nous adressons nos prières. Femmes françaises, agneaux de Jésus-Christ, vous dont le zèle est comme une perle précieuse devant le Seigneur, soyez bénies! Vous dont les cœurs s'ouvrent à la pitié, vous qui avez des entrailles de miséricorde, ayez pitié de nous! Prêtez l'oreille à nos cris et rachetez le sang de ce qui reste d'Israël, de ce qui reste des Maronites. Sauvez leur vie, venez en aide à leur faiblesse, faites-leur rendre leur honneur qui engage le vôtre ; nous vous en conjurons par le sang de Jésus-Christ, car c'est par lui que vous êtes nos sœurs, arrêtez le bras de nos ennemis, mettez un frein à leurs bouches qui nous hurlent l'injure, parce que nous sommes vos frères. O femmes de la France et de l'Europe chrétienne, pieux soutiens de l'église catholique et du saint vicaire de Jésus-Christ, c'est à vous que nous avons recours, car nous savons que les chrétiens de France ont toujours été le plus ferme appui du Saint Siége. O France, France, noble tribu de Juda, fille aînée de David, avez-vous donc oublié vos labeurs et vos fatigues, votre sang versé aux plages de Syrie, vos morts qui reposent dans cette terre de Syrie, et votre glorieuse protection pour cette terre sacrée ; qu'est devenu votre zèle, ô chrétiens? O rois chrétiens, qu'est devenu votre honneur? Avez-vous oublié que mon pauvre diocèse est celui qui donna naissance aux patriarches, aux prophètes, aux saints, aux bienheureux apôtres, à la vierge Marie et au sauveur du monde? Souvenez-vous que votre salut, la vie de votre âme et de votre corps, votre délivrance de la servitude de Satan sont sortis de ce diocèse ; souvenez-vous que c'est là que les portes du ciel se sont ouvertes pour vous et que l'homme a été élevé en gloire au-dessus des anges par l'alliance de sa nature avec celle de Dieu lui-même! Voulez-vous laisser périr tous les chrétiens de ce diocèse, tous ceux qui habitent cette montagne sainte dans laquelle malgré son désir, Moïse ne put entrer. Quelle honte pour vous, ô chrétiens d'Europe, de laisser les barbares paître les troupeaux de Jésus-Christ, ses enfants qu'il a rachetés au prix de son sang! En vérité! Nous ne pouvons le comprendre. Qu'avez vous fait de cette foi, de cette charité, filles ardentes du christianisme. Qu'avez-vous fait de ces paroles de Jésus-Christ, gloire à lui! « Aimez-vous les uns les autres comme je vous ai aimés. » De ces paroles de l'apôtre : « La foi sans la charité ne sert de rien. » De ces paroles de saint Paul: « Quand j'aurais accompli toutes les prescriptions de la loi, fait des miracles, livré mon corps aux flammes, si je n'ai la charité, cela ne me sert de rien ? » Où donc est le zèle des chrétiens ? Ne sont-ils plus *un seul corps ?* Les Maronites ne sont-ils plus un doigt de ce corps ? comment se fait-il qu'ils n'aient pas ressenti leurs douleurs ? . . . . qu'ils viennent à Saïda et dans les autres lieux! ils verront nos ruines, ils verront nos enfants dévorés dans les déserts par les bêtes sauvages, nos femmes perdent les germes de leur fécondité, et cela depuis sept années.... Devons-nous dire qu'il n'y a plus de compassion, plus de charité sur la terre ? et quand tous abandonneraient les Maronites, les Français devraient-ils les abandonner ? les Maronites sont leurs enfants ; toujours ils ont combattu dans leurs rangs, et sans ces deux nations, il ne resterait plus rien des vestiges sacrés de la Terre Sainte.

O femmes de la France, ô filles de la Vierge des douleurs, consolez-nous et venez nous sauver; et pourtant, pardonnez aux paroles d'un vieillard ; comment pourrait-il se taire, lui dont la blessure est la plus cruelle, lui qui plus que tous les autres a des larmes à verser sur lui-même et sur son troupeau. Deux cents membres de ma famille ont été massacrés par les infidèles ; je ne parle pas de ceux qui sont morts de misère ; toutes les églises, tous les couvents, tous les séminaires de mon diocèse, et ma propre maison archiépiscopale ont été détruits deux fois, un grand nombre de mes prêtres et de mes religieux ont été égorgés, et moi-même je suis resté nu comme au sortir du sein de ma mère. Nous vous prions donc, femmes françaises, nous tous, peuple maronite, hommes et femmes, enfants et vieillards, religieux et religieuses, prêtres et laïques, d'appeler sur nous la miséricorde, de nous faire rendre notre prince et sa famille, et de nous aider par tous les moyens qui sont en votre pouvoir.

Nous prierons le Dieu tout-puissant d'accroître vos vertus, votre gloire et votre vie dans tous les siècles des siècles. Amen, amen!

20 décembre 1846.

ABDALLAH BOUSTANI,

Archevêque de Saïda, et tous les fidèles maronites de son diocèse accablé de douleurs.

Paris. — Imp. de J.-B. CROS, rue du Foin-Saint-Jacques, 18.

NOTICE

HISTORIQUE

SUR LES MARONITES.

La grande principauté du Liban se trouve enclavée dans les trois pachaliks de Tripoli, d'Acre et de Damas. Un arc de cercle dont la corde serait la ligne droite tirée entre Tripoli et Homs forme sa limite au nord; à l'est, elle se trouve bornée par le territoire de Damas et le Hawran; au sud, le Blad Safat et le territoire d'Acre la confinent; et à l'ouest, Sour, Saïda, Beyrouth et, au-dessus de cette ville jusqu'à Tripoli, la mer de Syrie dessinent ses contours.

Cette principauté héréditaire depuis un siècle et demi dans la famille de l'Émir Beschir est loin de renfermer toute la population maronite de la Syrie qui, outre la partie du Liban comprise entre Tripoli et Antioche qu'elle occupe presque exclusivement de toute autre nation, est encore répandue dans les pachaliks d'Alep, de Bagdad, de Damas, d'Acre, de Jérusalem, de Chypre et d'Égypte.

La population sujette de l'Émir peut être évaluée à environ 1,250,000 âmes, dont 1,082,000 chrétiens et 168,000 infidèles, Druses, Métaoulis, Ansariehs et Musulmans. Mais cette population est distribuée de telle sorte que la portion de la principauté comprise entre Tripoli, Damas et Beyrouth renferme 782,000 chrétiens contre 40,000 infidèles, tandis que la partie qui s'étend au sud de Beyrouth ne contient que 276,000 chrétiens contre 128,000 infidèles. Soutenus par les pachas de la Porte et les populations musulmanes de toutes les villes du littoral et de l'intérieur, ces infidèles ont à leur disposition une force de plus de 800,000 âmes. C'est cette partie qu'on appelle les districts mixtes. Les Druses n'entrent pas pour plus de 40,000 individus dans l'évaluation de cette population dont les musulmans forment l'immense majorité (1).

Il est essentiel de remarquer que dans la Syrie moderne, la dénomination de Liban ne s'applique pas exclusivement au Liban antique, mais bien à tout le système de montagnes qui s'étend depuis Antioche jusqu'à Jérusalem.

Il ne sera pas non plus inutile de faire observer que, à l'exception des villes, le régime de la Syrie est entièrement féodal ; que, par conséquent, les seuls chrétiens des villes sont sujets directs de la Porte, et que les autres, pour la plupart, même en dehors de la grande principauté du Liban, ne dépendent que de leurs scheïks respectifs qui sont, dans ce cas, vassaux de la Porte et relèvent de ses pachas. Quant aux scheïks du Liban, c'est de l'Émir seul qu'ils relèvent, c'est de lui seul qu'ils reçoivent l'investiture, c'est à lui seul qu'ils doivent hommage de leurs fiefs héréditaires et qu'il paient tribut ; c'est à lui qu'appartient l'exercice de tous les droits de souveraineté à leur égard ; lui-même est simple vassal de la Porte, soumis seulement à l'investiture, à l'hommage et au don volontaire (2).

---

(1) Dans une notice publiée en 1844 l'on a évalué la population Maronite à 482,000 âmes seulement dans la principauté du Liban, mais l'auteur de cette notice a oublié de compter dans cette principauté les provinces de Hasbaïa, de Rachaïa, de Marjaïoun et la moitié du Blad Houli, fiefs héréditaires de la famille Schéâb, ainsi que le Blad Bâlbek fief héréditaire de la famille Harfouch, c'est-à-dire environ 500 lieues carrées sur 1100. Son erreur vient de ce que les princes de ces provinces bien que soumis à l'ost et à l'hommage envers l'émir, recevaient aussi l'investiture (farou) des pachas d'Acre ou de Damas et leur faisaient volontairement des cadeaux pour se les rendre favorables. Cette erreur l'a conduite à une autre non moins fâcheuse c'est le chiffre peu élevé auquel il porte la population infidèle qui est proportionnellement plus nombreuse dans les provinces oubliées que dans toutes les autres.

(2) La valeur de ce don était d'environ 15 à 16,000 fr. chaque année.

Tant que l'Émir des Maronites régnait sur le Liban, tous les chrétiens répandus dans les divers pachaliks, bien qu'ils ne fussent pas ses sujets, vivaient tranquilles et en paix à l'ombre de sa protection. Maintenant qu'il est prisonnier à Brousse avec toute sa famille, il n'est pas un lieu de la Syrie où les Maronites et autres chrétiens ne soient exposés aux plus odieuses persécutions de la part des infidèles. Ceci est un fait trop remarquable pour le passer sous silence.

Maintenant, nous jetterons un coup d'œil rapide sur l'histoire des Maronites.

L'origine des Maronites est syrienne; leur langue sacrée est la langue syriaque, celle que parlait habituellement le Sauveur du monde; ils furent convertis à la foi dès les premiers temps du christianisme par les prédications du prince des apôtres, qui vint établir son premier siége épiscopal à Antioche avant d'aller fonder à Rome le siége du vicaire de Jésus-Christ (1). A cette époque il n'existait point encore de distinction nominale entre les chrétiens de Syrie, parce qu'il n'existait pas de différence dans leur foi.

Trois siècles s'écoulèrent, pendant lesquels la religion chrétienne se répandit sur la terre. Constantin le Grand l'assit à ses côtés sur le trône des Césars. Le paganisme détruit, d'autres ennemis se levèrent contre le Christ du sein même de son Église et l'hérésie commença à la déchirer. La Syrie plus que toutes les autres provinces de l'empire d'Orient, duquel elle faisait partie, fut agitée de longues et furieuses tempêtes soulevées par les Ariens, les Eustathiens, les Appolinaristes et les Messaliens. Souvent des luttes sanglantes s'engageaient entre les défenseurs de la vérité et les fauteurs de l'hérésie.

Ce fut à cette époque de troubles que, vers la fin du iv⁰ siècle,

---

(1) C'est en mémoire de cette circonstance que le patriarche d'Antioche joint encore aujourd'hui le nom de Pierre à son propre nom.

Voyez les témoignages des souverains pontifes Pie IV, Benoist XIV Clément XII, Clément VIII, Paul V, Urbain VIII, Clément XI, et Pie VII, etc, en faveur de la perpétuité et de la pureté de la foi catholique des Maronites.

un saint hermite, du mont Kouroush, nommé Maroun, bâtit sur les bords de l'Oronte, non loin de Hâmah, un monastère où l'éclat de ses vertus attira un grand nombre de moines. Leurs ennemis hérétiques les surnommèrent par dérision les Maronites. Plus tard, cette dénomination fut appliquée par les Nestoriens et les Eutychiens à ceux des chrétiens de Syrie qui, soutenus par les conseils et les exemples des moines de S.-Maroun, n'avaient pas voulu abandonner la confession de l'évêque de Rome. Ce nom que les hérétiques leur jettaient comme une injure, les Syriens, fidèles à la foi catholique, le conservèrent avec orgueil comme un titre de gloire, comme une preuve de leur constant attachement aux enseignements de l'Église romaine.

Pendant les persécutions que les catholiques de Syrie avaient à subir de la part des hérétiques, trop souvent soutenus par les empereurs de Constantinople, ils avaient cherché asile dans les montagnes et principalement dans le Liban et l'anti-Liban. Au commencement du vi^e siècle, sous le règne d'Anastase, et le patriarchat du fougueux *acéphale* Sévère que l'empereur avait établi sur le siége d'Antioche, la persécution contre les catholiques devint tellement violente qu'ils durent tous chercher un refuge dans les hauts pics habités déjà par leurs co-réligionnaires. Ce fut là, au milieu des troubles et du sang de leurs frères égorgés pour la foi, que les Maronites jettèrent les bases de leur nationalité autonome et indépendante ; car, dès cette époque, ils furent considérés comme nation à part, nation rebelle, il est vrai, à l'autorité des Césars de Bysance ; mais rebelle, parce que cette autorité se trouvait entre les mains des persécuteurs de l'Église ; maintes fois on tenta de les soumettre ; retranchés dans leurs montagnes et soutenus par les exhortations des moines de Saint-Maroun, ils défièrent tous les efforts de leurs ennemis. Deux fois les armées du roi des Perses passèrent sur le sol de la Syrie, sans que les chrétiens de Saint-Maroun pussent être entamés.

Les Maronites étaient déjà un peuple, lorsqu'à la voix de Mahomet les nations de l'Arabie se soulevèrent et vinrent, le glaive en main, prêcher une religion nouvelle. Plusieurs petits états unis en confédération s'étaient formés dans la montagne ; Yousef régnait sur le Djébaïl, Kesri sur le Dahalat qui prit après lui le nom de Kesrowan, Ayoub était à la tête des provinces de Césarée, de Phillippes et de Jérusalem. Ce fut Elias, successeur de ce dernier, qui porta secours à l'empereur Héraclius lorsqu'il vient combattre le kalife Omar-El-Hattab qui envahissait la Syrie. A cette époque la nation Maronite avait pris de grands développements ; elle occupait la plus grande partie du littoral Syrien et de la Phénicie, depuis la montagne Noire près d'Antioche, jusqu'au-delà de Jérusalem et s'étendait jusqu'en Chypre. Cependant, il manquait encore à cette nation, née du catholicisme, le seul lien qui put assurer son indépendance et sa durée ; c'était un lien catholique. L'année 686 apporta aux Maronites cette dernière sanction à leur nationalité, Saint Jean Maroun, nommé vers l'an 648 évêque de Djébaïl et de Batroun fut élu patriarche d'Antioche, sur la demande des Maronites et des Latins, en remplacement de Théophane. Le titre de son patriarchat était particulier pour la nation Maronite, et depuis ce temps, l'on compte une suite non interrompue de successeurs jusqu'à Yousef-Khasen, aujourd'hui en possession du siége patriarchal.

Dès ce moment, les Maronites, que les Sarrazins appelaient *Maradat* ou rebelles, devinrent à la face du monde une nation indépendante, une et distincte, ayant droit d'existence libre et séparée ; car tous les princes féodaux qui régnaient sur ses diverses parties obéissaient tous au prince spirituel qui recevait de Rome le pallium et l'investiture. Le saint patriarche ne voulut cependant pas conserver pour lui la direction des affaires temporelles, et par ses conseils, les Maronites se choisirent un roi, nommé Siméon. Les anciennes histoires parlent d'une grande victoire remportée par ce prince, en 694, contre les troupes envoyées par l'empereur Constantin Rhinomète, pour forcer les catholiques à embrasser les erreurs des Monothélites et des Monophysites.

Le saint patriarche Jean Maroun s'endormit dans le Seigneur en 707, au moment où, excité par les hérétiques, le kalife Ghalib préparait une expédition contre les catholiques du Liban. Pendant tout le viiie siècle, ils défièrent tous les efforts de leurs ennemis et défendirent leur foi et leur indépendance contre les Grecs et les Sarrazins, qui s'arrachaient tour à tour la Syrie.

Au commencement du ixe siècle, les Maronites eurent quelques moments de repos, lorsque le kalife Haroun el Raschid accorda à l'empereur Charlemagne la protection de Terre Sainte. C'est de cette époque glorieuse que date le droit de protectorat que la France n'a cessé d'exercer, en faveur de la chrétienté orientale.

L'empire grec penchait vers sa ruine, la Terre-Sainte était entre les mains des infidèles ; la France répondant noblement à la voix du souverain pontife était venue leur arracher leur conquête et placer la couronne de Jérusalem sur le front de Godefroy de Bouillon. Les Maronites avaient reçu les Français en frères et avaient joint leurs armes à celles des défenseurs de la Croix. Tout le temps que dura le royaume de Jérusalem, cette nation gouvernée par ses propres princes, sous la suzeraineté du roi français, ne cessa de prendre part à tous les combats contre les ennemis de la Foi. Le sang des Maronites se mêla par de nombreuses alliances à celui des Français établis en Syrie et en Palestine.

Après la prise de Jérusalem par le fameux Salah-Eddin et tout le temps que durèrent les Croisades, les Maronites continuèrent de lutter avec les princes Latins contre les infidèles. Lorsque saint Louis vint en Syrie, ils se mirent à sa disposition et lui rendirent de tels services qu'il crut devoir les reconnaître par la concession d'une charte datée près de Saint-Jean-d'Acre, le 21 mai 1250, qu'ils possèdent encore en original, et dans laquelle il leur assure la protection perpétuelle de la France et le droit d'être considérés comme faisant partie de cette nation (1). Quelques années plus

------

(1) Après Saint Louis, nos rois, et aussi la République française renouvellèrent souvent ces lettres *de protection* en faveur des Maronites. Il est utile de dire ici ce que signifie en Orient *protection*. Le *protégé* jouit, fut-il l'ennemi propre de la Porte, de tous les priviléges auxquels a droit en Turquie la nation qui le *protége*. Il est exempt d'im-

tard, la Syrie tout entière tombait entre les mains de Bondokdar et les Français chassés de leurs dernières places trouvaient un refuge assuré dans les montagnes du Liban qui défendaient toujours leur indépendance.

Depuis cette époque (1291), les Maronites combattant sans cesse les Sarrazins et les hérétiques, avaient grandi dans la lutte et s'étaient trouvés placés à la tête de la confédération de toutes les peuplades belliqueuses de la montagne qui, bien que de religions différentes, ne voulaient, comme eux, subir aucun joug.

Une de ces peuplades était la nation Druse. Chassés d'Égypte à la fin du xe siècle, après la mort du soudan Hakem-B'amri dont ils avaient partagé le schisme, les Druses s'étaient réfugiés dans les montagnes du Hawran Ils y avaient trouvé établis les débris des bandes de Khosroës. En se confondant avec cette peuplade étrangère , ils avaient adopté une partie de ses croyances religieuses ; de cette confusion naquit la religion druse (1).

La féodalité s'était établie naturellement à la suite des Croisades parmi toutes les peuplades du Liban; et, pendant plus de huit siècles, tous les scheiks ou seigneurs du Liban , à quelque religion qu'ils appartinssent, reconnurent sans difficulté la suzeraineté du prince des Maronites, qui fut exclusivement chrétien jusqu'à la fin du xvie siècle.

---

pôts et considéré comme *citoyen* de la nation qui lui a accordé sa *protection spéciale*. Or la nation Maronite est de tout temps *protégée* française et par conséqueut regardée par les Turcs comme *nation française*. C'est là ce qui donne aux crimes commis contre elle une gravité toute particulière et fait que c'est contre la France que la Turquie a agi dans cette circonstance. C'est aussi ce qui fait que la France est engagée d'honneur au redressement de ses griefs.

(1) Le Dieu des Druses s'incarne toutes les fois que la fantaisie lui en prend. Moïse, Jésus, Mahomet, Alexandre, Salomon, Napoléon même étaient d'après leur pensée autant d'incarnations de leur Dieu. La métempsycose est une des bases de leur foi. Tout mal caché aux yeux des hommes n'est pas mal. Les Druses ne peuvent pas faire de prosélytes et ne peuvent pas changer de religion à moins que ce ne soit momentanément et en apparence ; ils doivent un jour à venir dominer tout l'univers. Ils ont, dans la figure du veau qui joue un rôle dans leurs cérémonies, une réminiscence du bœuf Apis. Voilà les seuls points qu'il importe ici de connaître de leurs doctrines. *Druse* est le pluriel du mot *Darzy, séparé, schismatique,* et non pas le nom d'un individu comme le prétendent plusieurs auteurs, le prophète du Dieu des Druses s'appelait Hamzi.

Lorsque le sultan Sélim II conquit la Syrie, la Palestine et l'Égypte, il lui fut impossible d'entamer la grande principauté de la montagne. C'était au sultan Amurat III que cette gloire était réservée, encore ne la dut-il qu'à la plus odieuse trahison. Il fit proposer la paix aux habitants de la montagne aux conditions les plus avantageuses, et en leur garantissant une entière liberté. Puis ayant attiré à une conférence dans la plaine de Bkâa les principaux chefs maronites et druses, il les fit tous égorger, pénétra dans la montagne, guidé par les schismatiques, mit tout à feu et à sang, et massacra, au rapport d'Ibn-el-Kalaï, plus de cinq cent mille chrétiens (1). Le reste fut dispersé.

Malgré cet épouvantable désastre, la principauté du Liban ne fut point anéantie; seulement la dynastie chrétienne dut faire place à une dynastie musulmane. Peu à peu, la nation se reconstitua, les désastres se réparèrent, et les grandes familles chrétiennes reconquirent leur influence. Lorsque la dynastie de Tenourh s'éteignit, vers le milieu du XVIIe siècle, ce furent les Khazen et les Karam (2) qui portèrent au pouvoir le chef de la famille Maan, le fameux Émir Fakh-Eddin. Bien qu'il fût musulman, comme son prédécesseur, il fit toujours remplir aux grandes familles maronites les premiers emplois de sa principauté. Son pouvoir s'étendait de Tarabulous jusqu'à Jérusalem; Alep et Damas allaient devenir sa conquête, et il voulait changer son titre de vassal de la Porte contre l'indépendance absolue, lorsque le sultan Achmet envoya contre lui une puissante armée, qui le força à fuir en Europe. Cependant l'Émir Ali Ibn-Maan, son fils, lui succéda au même titre de simple vassal. Ali eut pour successeur son fils, Ahmed Ibn-Maah, qui régna sur le Liban jusqu'à la fin du siècle. Sous cette dynastie, les Maronites avaient prospéré, leur popu-

---

(1) Tous les couvents, églises, colléges furent ruinés, et le Liban entier fut dévasté à l'exception d'un seul village qui fut nommé Ghousta, à cause de cette circonstance. Il y avait alors quarante diocèses Maronites. Ils sont réduits aujourd'hui à dix.

(2) Le chef de cette antique et puissante famille, dont la noblesse remonte aux Croisades, est aujourd'hui le Schéik Boutrous Karam, qui offrit l'hospitalité à S. A. R. le prince de Joinville, lors de son voyage au Liban. Le R. P. Jean Azar, délégué de la nation Maronite à Paris, appartient à une branche de cette illustre famille.

lation s'était accrue, et ils avaient construit de nouveaux édifices religieux ainsi que des colléges.

Au commencement du XVIIIe siècle, les grandes familles maronites portèrent au trône la dynastie des Scheab, dont le chef était gendre du dernier prince. Cette dynastie, jusqu'en 1840, a réuni sous sa domination toutes les populations du Liban. Les Scheab étaient originaires de la Mèke et musulmans. Mais plusieurs ne tardèrent pas à se convertir à la foi catholique. Le père de l'Émir Beschir était catholique, et l'Émir Beschir l'est encore. Sous leur domination, la puissance de la principauté du Liban avait pris de grands développements. Lors de l'expédition de Syrie, Bonaparte rechercha leur alliance. Méhémet-Ali avait regardé la conquête de Syrie comme impossible si le Grand-Prince lui était contraire. Les Anglais eux-mêmes avaient bien jugé de l'importance de cette nation, sans le concours de laquelle il ne fallait pas songer à refouler en Égypte le vainqueur de Nézib.

Ainsi, depuis le VIe siècle jusqu'à la fin du XVIe, nous voyons la nation maronite toujours luttant, mais toujours indépendante, toujours catholique, toujours autonome ; et, après l'invasion d'A-murat III, nous la voyons encore renaître indépendante et autonome, avec cette seule différence que son prince est vassal de la Porte. Il résulte évidemment de là que *jamais les chrétiens du Liban n'ont été les sujets de la Porte.*

Voyons comment cette nation, naguère heureuse et libre, a pu tomber en si peu de temps dans le dernier degré de l'abaissement et de la misère. Nous ne voulons point sonder l'abîme d'iniquité creusé par la main d'une puissance européenne, nous ne voulons point dire ce qu'elle a fait, que le sang des chrétiens dont elle a payé le massacre retombe sur sa tête, ou plutôt, que les nobles enfants de cette terre prouvent qu'ils sortent d'une race généreuse, en arrêtant l'œuvre impie que leur gouvernement a commencée.

Depuis l'arrivée au pouvoir de Halet-Effendi, et surtout depuis l'insurrection grèque, la Porte n'a cessé de poursuivre avec une persévérance qui fait plus d'honneur à son opiniâtreté qu'à son jugement, la destruction de la féodalité partout l'empire, afin d'arriver par l'unité administrative à l'*unité musulmane*. Jamais Mahmoud n'avait laissé échapper une seule occasion de renverser les grands feudataires de l'empire; de là la guerre avec Méhemet-Ali. Ce fut encore là la pensée qui dirigea la Porte, lorsque l'émir Beschir, emmené, par trahison, prisonnier à Malte, fut livré à l'autorité ottomane. Il fut donc aisé à ceux qui avaient intérêt à la destruction de l'influence française en Orient, de déterminer la Porte à perdre les Maronites, qui n'avaient d'autre crime que leur foi, leur indépendance et leur amour pour la France.

Les Druses, dont les seigneurs avaient été de tous temps vassaux de l'Emir, et qui avaient toujours été liés d'intérêt avec les Maronites, furent séduits par la promesse qui leur fut faite de régner en maîtres sur toute la Montagne. On leur promit, on leur donna des armes, des munitions, de l'argent; les conseils et les appuis dans la diplomatie ne leur manquèrent pas non plus. Les autres nations infidèles de la Montagne, alléchées par l'espoir du pillage, furent facilement engagées à se joindre aux Druses; la Turquie, les Druses, les Métaoulis, les Ansariehs, les Musulmans sunnites, d'autres encore, s'unirent par un pacte impie contre les catholiques et les amis de la France.

Il nous est imposible d'entrer dans les détails. Les Druses commencèrent la guerre contre les Maronites au moment ou l'on s'y attendait le moins; mais, battus par eux sur tous les points, ils ne durent leur salut qu'à l'intervention active des Turcs et d'un consul européen. Grâce à ses conseils, les Turcs s'avisèrent de couper les communications entre les districts purement chrétiens et les districts mixtes qui, spécialement attaqués, contenaient une population infidèle quatre fois supérieure à la population catholique. Dès ce moment la guerre ne fut plus qu'une horrible boucherie, qu'un sac, un incendie, un pillage universel de tout ce qui appartenait aux Maronites; et les soldats turcs ne furent pas les derniers à y prendre part. Malgré les réclamations de la France, ces atrocités se renouvelèrent encore, et pis que la première fois, en 1845.

Aujourd'hui tout l'espace compris entre Beyrouth, Damas et Nazareth, est complètement ravagé, il n'y reste plus ni une église, ni un couvent, ni un collége, ni une maison, pas une cabane, pas un arbre fruitier, pas un ceps de vigne de tout ce qui appartenait aux Maronites. Dans les seuls diocèses de Damas, de Chypre, de Beyrouth et de Saïda, sept cent cinquante-cinq églises et quarante-huit couvents sont détruits ou brûlés; depuis que la paix a été apportée, à ce que l'on dit, par Schékib-Effendi, dans les seuls districts de Gizzin et de Schouff (et il y a eu vingt-sept districts de ravagés), *mille soixante* Maronites ont été égorgés froidement après avoir mis bas les armes sur la parole des officiers turcs; nous ne parlons pas de ceux qui ont péri pendant les deux guerres, ni de ceux qui sont morts depuis de faim, de misère et de mauvais traitements. Tous les Maronites, depuis Jérusalem jusqu'à Antioche, ont été désarmés par les Turcs et les Druses avec la plus atroce barbarie. Quant aux Druses, on s'est contenté de leur enlever un très-petit nombre d'armes en leur en laissant beaucoup plus qu'il n'en fallait pour les armer tous trois fois.

Les nouvelles du 27 janvier nous annoncent que les Druses s'occupent à dépouiller les chrétiens du peu de terres qu'on n'a pas encore pu leur enlever, et que les malheureux Maronites sont réduits à une telle misère, qu'il est impossible qu'ils existent longtemps encore si l'on tarde à leur porter secours. La France ne fera-t-elle rien pour les sauver? c'est à cause d'elle qu'ils périssent, c'est en haine de son nom qu'on a juré de les effacer du livre des nations. Dans peu de temps la plus antique alliée de la France, le dernier refuge de son influence en Orient, l'unique nation catholique de ces contrées vouées depuis tant de siècles à l'erreur, celle qui a fait rentrer tant de schismatiques dans le sein de l'Église ne sera plus... mais la France ne veut pas, ne peut pas la laisser périr; elle a entendu les cris de détresse de nos frères, elle ne peut pas, sans mentir à dix siècles de protection et de gloire, sans trahir ses plus chers intérêts, la religion, l'humanité, la liberté sainte, la justice et l'honneur fermer son cœur et ses oreilles à leurs plaintes; elle ne peut pas les abandonner. Elle ne les abandonnera pas.

SOCIÉTÉ DE SECOURS

en faveur des Chrétiens du Liban.

STATUTS

CHAPITRE PREMIER.

DISPOSITIONS GÉNÉRALES.

ART. PREMIER. — Une société est formée dans le but de venir en aide aux chrétiens du Liban persécutés à cause de leur inviolable attachement à la foi. — Cette société s'appellera *Société de Secours en faveur des Chrétiens du Liban.*

ART. II. — Cette Société durera autant de temps qu'il sera nécessaire pour assurer le sort des chrétiens de Syrie.

ART. III. — Elle se compose d'un *comité d'hommes* chargé des mesures d'action extérieure et publique, et d'une *association de dames* ayant pour mission de venir en aide à ses efforts par la prière et l'aumône.

ART IV. — Bien que faisant partie de la même Société, et concourant au même but, ce *comité* et cette *association* sont indépendants l'un de l'autre, quant à leur objet spécial, à leur administration et à leur règlement intérieur.

ART. V. — Leurs rapports se bornent aux versements de fonds que l'*association* effectuera sur demande motivée du *comité*, dans le but unique d'assurer le salut des chrétiens de Syrie.

CHAPITRE II.

ASSOCIATION DE DAMES. — ORGANISATION.

ART. VI. — L'association se place sous la protection de la Très-Sainte-Vierge, patronne de la France.

Art. VII. — Elle est organisée par dizaines, sur le modèle de l'association pour la propagation de la foi.

Art. VIII. — Chaque associé s'engage à verser tous les mois, entre les mains de son chef de dizaine, la somme de 50 cent.; le chef de dizaine verse également le montant de ses recettes entre les mains de la personne de qui il tient le bulletin de dizaine, et ainsi de suite.

Art. IX. — Le nombre des chefs de dizaine est illimité.

Art. X. — Tout chef de dizaine a droit à un exemplaire de tout ce qui pourrait être publié dans la Société, à charge d'en donner communication aux membres de sa dizaine.

Art. XI. — Le siége de la Société est à Paris.

Chapitre III.

ADMINISTRATION.

Art. XII. — Un conseil composé d'une présidente, de huit vice-présidentes, d'une trésorière générale, d'une secrétaire générale, et de trente-six conseillères dirige et administre l'association.

Art. XIII. — Le conseil est appelé à délibérer sur tout ce qui intéresse la Société; il pourra prendre toutes mesures ultérieures qu'il jugera utiles à l'œuvre.

Art. XIV. — Le conseil ne peut prendre aucune décision valable qu'en présence du quart au moins de ses membres. — Ses décisions sont prises à la simple majorité.

Art. XV. — Tout emploi de fonds doit être autorisé par le conseil.

Art. XVI. — Le conseil règle l'ordre et l'époque des assemblées générales.

Chapitre IV.

FONCTIONNAIRES.

Art. XVII. — La présidente et les autres fonctionnaires de l'association sont nommées par le conseil sur la présentation de deux de ses membres.

Art. XVIII. — Pour l'élection de la présidente, tous les membres du conseil doivent être présents ou représentés. La majorité des deux tiers est nécessaire pour que l'élection soit valable.

Art. XIX. — La présidente préside les assemblées générales et les réunions du conseil. — En cas de partage, elle a voix prépondérante.

Art. XX. — Lorsque la présidente siége, les vice-présidentes ont rang de conseillères ; — en son absence, la première vice-présidente occupe le fauteuil, et ainsi de suite.

Art. XXI. — La mission spéciale des conseillères est d'organiser les dizaines et de propager l'œuvre.

Art. XXII. — La secrétaire-générale est chargée des procès-verbaux, de la publication des décisions du conseil, des convocations et de la correspondance.

Art. XXIII. — La trésorière-générale distribue aux conseillères les bulletins de dizaine, reçoit d'elles les fonds qu'elles produisent, les encaisse, fait les placements, ordonnance les dépenses par des bons sur le banquier de la Société, tient la comptabilité, donne tous reçus et décharges, etc. — Elle peut aussi recevoir les souscriptions et dons volontaires en dehors des dizaines.

Art. XXIV. — La trésorière-générale et la secrétaire-générale peuvent avoir des trésorières et secrétaires adjointes prises dans le sein du conseil et nommées par lui sur leur demande.

Art. XXV. — Des secours de toute nature pourront être envoyés aux chrétiens du Liban, soit pour les aider à relever leurs demeures et leurs églises ruinées, soit pour soulager leurs misères, soit pour les mettre à même de recevoir les consolations de la religion dont ils sont privés depuis tant d'années, etc., etc.

Art. XXVI. — Tous les membres de l'association sont engagés à unir leurs prières pour obtenir de Dieu le retour de l'ordre et de la paix, et le triomphe de la foi en Syrie.

CONSEIL DE L'ASSOCIATION.

Présidente.

Madame la duchesse De Narbonne, rue de Varennes, 15.

Vice-Présidentes.

Mesdames
1 La marquise De Brissac, rue St.-Dominique St.-Germ.; 117.
2 La duchesse De Fitz-James, rue Miromesnil, 33.
3 La vicomtesse De Sailly, rue Royale-St.-Honoré, 23.
4 Gaugler De Gempel, rue du Faubourg-St.-Honoré, 97.
5 De Larnac, rue de Rivoli, 16.
6 Rostand, à Marseille.
7
8

Trésorière-Générale.

Madame la comtesse ANQUETIL, rue du Faub.-St.-Honoré, 117, de 1 h. à 3 h. les lundi, mercredi, vendredi.

Secrétaire-Générale.

Madame la comtesse DE MALHERBE, rue du Bac, 59, de 4 h. à 6 h. les mardi, jeudi, samedi.

Conseillères.

Mesdames 1 La princesse DE BEAUVEAU, rue de Lille, 100.

2 ARTHUR DE LA VILLESBOISNET, rue Taranne, 9.

3 BISSON DE LA ROQUE, rue St.-Germain-des-Prés, 15.

4 La comtesse MILON DE LERNAY, grande rue Verte, 18.

5 BERTIÉR DE SAUVIGNY, rue des SS. Pères, 26.

6 ABEL HUGO, rue St.-Anne, 67.

7 La comtesse DE GUITAUT, rue Neuve-de-l'Université, 6.

8 La baronne DE MAUNI, rue St-Dominique-St-Germain, 75.

9 La comtesse DE QUELEN, rue de la Ferme-des-Mathurins, 23.

10 La comtesse CH. DE GUITAUT, rue Neuve-de-l'Université, 6.

11 DE LARREY, rue d'Amsterdam, 78.

12 La baronne DE TRIGAND-LATOUR, rue Pigale, 8.

13 La comtesse PAUL D'ARMAILLÉ, rue de la Ville-l'Évêque, 21.

14 La comtesse ANDRÉ DE BONNEVAL, rue de Lascases, 22.

15 La comtesse DE QUATREBARBES, à Angers.

16 La comtesse DE MONTALEMBERT, rue d'Astorg, 34.

Paris. — Imprimerie de J.-B. GROS, rue du Foin-Saint-Jacques, 18.

9 782016 161388